LE BIGOTISME.

SATIRE.

Par T.....

EX-MARIN DU LUXOR.

PRIX : 1 FRANC.

PARIS,

IMPRIMERIE DE BACQUENOIS,

RUE CHRISTINE, 2.

1836.

LE BIGOTISME.

LE BIGOTISME.

SATIRE.

Par T.....

EX-MARIN DU LUXOR.

PRIX : 1 FRANC.

PARIS,
IMPRIMERIE DE BACQUENOIS,
RUE CHRISTINE, 2.

1836.

Dépourvu de toute espèce d'érudition, je n'ai jamais appesanti mes coudes sur les tables des colléges; quelques livres seulement de bonne encontre, et qui se sont usés entre mes mains, il est vrai, m'ont souvent délassé dans mon pénible métier, de mes travaux rustiques. Béranger ne tomba jamais sous mes yeux sans m'enthousiasmer pleinement, et poussé par quelques idées spontanées et toutes naturelles, je voulus m'essayer sur sa lyre; la réflexion m'encourageait d'ailleurs, et je pensais que l'homme était un être raisonnable, jeté dans l'espace pour y subir la loi inexorable du temps, pour y être continuellement à la

merci des prestiges et des illusions de la vie; j'avais enfin
ma part de philosophie, s'il est vrai que chacun en ait. L'es-
prit de l'homme, vivement inspiré, a-t-il besoin qu'on lui
donne des règles? l'homme n'a besoin ni d'instrument ni de
leviers pour accroître les forces de son entendement, pour
en faciliter l'application. J'ai lu quelque part que le génie
a des ailes pour franchir les intervalles; et n'est-ce pas en
se jouant dans toutes les directions, en s'élevant jusqu'aux
cieux que l'aigle mesure toutes les parties de l'espace et
qu'il arrive toujours où il voulait atteindre. Or j'avais déjà
réuni deux petits volumes de chansons patriotiques, lors-
que je pris la résolution de les mettre au jour, afin de donner au public de quoi juger si la nature avait été prodigue
ou avare envers moi; mais hélas! j'avais trop tardé; il
n'était plus temps; les lois de septembre contre la presse,
ces lois malencontreuses vinrent déjouer toutes mes es-
pérances si douces, et qui déjà, me faisaient sourdement
sourire de satisfaction. Me voilà donc condamné à garder
mes chansons pour moi, je ne puis en égayer mes conci-
toyens, mes amis. Eh bien, soit; mais en attendant, mes
bons lecteurs, propagez l'opuscule poétique que je livre
aujourd'hui, afin qu'on sache qu'il n'est point de ma faute,
si je ne vous distrais point par une autre matière et sur
un autre ton.

On trouvera, sans doute, le style de cette satire assez pauvre; que l'on m'excuse, j'en connais moi-même la médiocrité; et comme j'aurais trop de corrections à faire, je n'en changerai rien, vu que c'est là mon premier essai et que ces quelques rimes, qui me firent plaisir, m'ont également engagé à la production des chansons, devant lesquelles il m'est permis de m'extasier.....

T***.

SATIRE.

LE BIGOTISME.

SATIRE.

Astucieux dévots, race impie et funeste,
Qui cachez vos méfaits sous un aspect modeste,
Ne vous étonnez pas, si ma muse en courroux,
Sans crainte et sans respect, s'élève contre vous.
Ne pouvant plus souffrir votre ardeur qui l'offense
Elle veut hautement signaler sa vengeance;
Et moi-même, indigné des tripots que je vois,
Je me venge comme elle, en rimant par sa voix.

Approchez fanfarons, montrez-nous le mérite
Des ignobles projets que votre ame médite.
Noire comme l'habit dont vous êtes vêtus,
Sait-elle ce que c'est qu'on appelle vertus?
Non sans doute, car loin d'en être l'apanage,
De la corruption vous n'offrez que l'image.
Pensez-vous bonnement, hommes faux, vils matous,
Avec *pater noster*, vous rendre Dieu plus doux,
Et par *confiteor*, lui demandant ses graces,
Gagner le Paradis à force de grimaces?
Non, non, détrompez-vous; le devoir d'un chrétien
Est d'aimer l'équité : voilà le premier bien,
La première vertu, la vertu des vrais sages,
Qui fut de tous les lieux comme de tous les ages.
Mais vous qui, dans vos mœurs, ne la connaissez point,
Souffrez que je vous parle, aujourd'hui, sur ce point;
Cependant, réservé, pour ce que je veux dire,
Avant que de semer le sel de la satire,
Ami lecteur, permets, que simple historien,
Je te dise, en deux mots, ce dont il me souvient :
Non loin d'Agde vivait un trio de famille,
Trio paisible, heureux, père, garçon et fille
Satisfaits l'un de l'autre, et toujours s'accordant.
Le père, généreux, ou peut-être imprudent,

Pour se défaire enfin des soucis, de la peine,
Leur partagea son bien, leur légua son domaine ;
Car qui fait du bien croit en recevoir le prix :
Mais, trop facheuse erreur, dès ce jour plus de ris.
A peine les enfans possédaient l'héritage,
Qu'ils crurent des vertus devoir faire étalage ;
Voulant, par les dehors, en imposer aux sots,
Procédé bon et sage, ils se firent dévots.
L'homme en qui la raison régnait en souveraine,
De ce grand changement n'eut ni plaisir ni peine ;
Sans les contrarier sur ce pauvre début,
Il se dit en lui-même : en tout chacun son but ;
Aussi fut-on d'accord, et l'on vit ce ménage,
Faire pour quelque temps l'honneur du voisinage ;
Ce temps ne dura point, la discorde arriva ;
L'intérêt et l'erreur tout y contribua :
Un missionnaire impie exerçant son audace,
Pour mieux persuader, prêchait par la menace.
Les tourmens de l'enfer tant de fois révélés,
Furent, dans ses sermons, sans cesse accumulés ;
Damnant, de plein pouvoir, la moindre indifférence ,
Il commandait en chef l'aveugle obéissance ;
« Et que sont, disait-il, les dix commandemens ?
« Il vous faut plus encor, convertir vos parens,

« Les mener à confesse afin qu'on les sermone ;

« C'est là votre devoir, l'église vous l'ordonne,

« N'épargnez rien, sur tout, dans cette occasion,

« Tâchez de les pousser à la conversion :

« La gloire est attachée à votre réussite,

« Et plus l'obstacle est grand, plus elle a de mérite.

Ce discours reproduit chez tous les partisans,

Accroissant par degrés, s'éloigna du droit sens.

Il a dit, l'un criait : « quel bien qu'on puisse faire

« Pour se sauver soi-même, il faut sauver son frère.

Et puis l'autre ajoutait : « pour ne pas se damner,

« Il faut le convertir ou bien l'abandonner.

A ces mots, les bigots, enfans de l'honnête homme,

Voulant s'approprier le céleste royaume,

A leur père aussitôt, ardens et furibonds,

Sans amour ni respect, vont donner ces leçons.

« Il faut, lui dirent-ils, prendre une autre existence,

« Du démon qui vous tient rompre l'intelligence,

« Le sacrement lui seul peut vous en écarter,

« Le moment se présente, il faut en profiter,

« Surtout, ne tardons pas, l'église nous appelle,

« Allons chercher la grâce en montrant notre zèle :

« Oui, c'est là le devoir qu'on nous ordonne à tous,

« Obéissez, ou bien ne comptez plus sur nous.

Le vieillard, étonné d'une telle sémonce,
Hésite quelques temps à leur faire réponse :
Puis, reprenant sa voix et ses sens agités ,
Il leur dit : « Mes enfans, sont-ce là vos bontés?
« Je vois qu'à votre avis le démon me possède,
« Et pour m'en arracher vous m'offrez un remède?
« C'est plutôt un poison; au mépris du bon sens,
« Osez-vous m'étaler vos discours menaçans?
« Oui, je vois trop quels sont ma faiblesse et mon être;
« Tel devrait m'obéir qui me commande en maître.
« Pourtant, plus raisonnable et plus humain que vous,
« Je ne m'armerai point d'un trop juste courroux;
« Je sais trop concevoir l'objet en sa nature,
« Votre amour pour l'église a produit votre injure ;
« Tâchez de modérer une trop vive ardeur,
« Et votre sentiment n'en sera que meilleur;
« Quant au mien, vous savez ma conduite suivie,
« Jamais le bien d'autrui n'excita mon envie,
« Et ne me bornant pas à ce simple devoir,
« Je leur fis tout le bien qui fut en mon pouvoir.
« Au reste, peu dévòt, je respecte l'église,
« Sachez que doit ici chacun vivre à sa guise.
« Qu'on soit juif, musulman, catholique ou payen,
« Le ciel, le paradis, à tout homme de bien.

« C'est, à ce que je crois, convainquant et solide,

« Ma croyance est ma loi, cette loi fut mon guide.

« Voilà, mes chers enfans, voilà quel est mon cœur,

« Laissez-moi vivre en paix, ce sera mon bonheur.

« Accordez-moi ce bien, cessez de me poursuivre,

« Que je passe en repos le temps que je dois vivre.

Cependant, les enfans ne se rendirent pas ;

La raison ne peut rien dans l'ame des ingrats!...

Plutôt que de convaincre, elle devient nuisible.

Le vieillard avec eux ne fut plus compatible ;

On ne voyait en lui qu'un vieillard onéreux,

Un fourbe, un scélérat, un homme dangereux,

Qui, suivant les détours d'une étrange morale,

Devenait à leurs yeux un objet de scandale ;

Aussi, pleins du venin de leur dévotion,

Lui firent-ils payer son insoumission ;

Pour macération, le jeune et le vigile,

Rien ne fut épargné pour le rendre docile,

Et pour comble de maux, comme de plein pouvoir,

On le persécutait du matin jusqu'au soir ;

L'un l'appelait damné ; l'autre, plein d'arrogance,

L'accablait sous le poids de sa dure insolence,

Et grâce aux soins pieux de pareils ennemis,

Jamais le doux repos n'habita son logis.

Enfin, pour terminer cet état détestable,
La mort, pour cette fois, se montra charitable.
Si ce jour, du vieillard, fut le moment bénit,
Par les bigots fieleux il ne fut point maudit;
Que n'avait-elle pas fait plutôt sa curée !
Hélas ! depuis long-temps on l'avait désirée.

Que vous semble, lecteur, du procédé loyal?
Pour moi, le tout compté, je n'y vois que du mal.
Soit que le fanatisme ou que l'hypocrisie
Ait poussé les enfans jusques à l'hérésie...
Infâmes captieux, objet de tout mépris,
De mes emportemens ne soyez pas surpris,
Si la dévotion ou l'humble pénitence,
N'est chez vous, dans le fond, qu'une adroite jactance,
Propre à faciliter ou masquer vos défauts,
Cessez, vils corrupteurs, cessez d'être dévots.
L'église ne sert point de refuge au coupable,
A moins qu'il ne promette un changement durable...
Le pécheur revenu de ses égaremens,
Lave sa conscience au sein des sacremens;
Il rappelle en son cœur la bonne foi chrétienne,
Et s'il n'est honnête homme il faut qu'il le devienne.
Les remords du passé, par un vrai repentir,

Doivent également guider son avenir.
Mais tel, en affectant la feinte prudhommie,
Croit, au pied des autels, laver son infàmie,
Et changer en vertu la plus noire action,
Sous le voile imposteur de la dévotion,
Qui n'est qu'un misérable; il aveugle les hommes,
Mais fourbe, honte à lui. Dieu sait ce que nous sommes;
De nos crimes secrets lui seul juge et témoin,
Vers la saine vertu peut nous guider de loin;
Mais s'il suspend son bras sur ce corps corruptible
Et qu'il tarde à frapper, oh! le coup est terrible.

Craignez, traîtres, craignez le juste châtiment
Que ce Dieu vous prépare au dernier jugement;
Le masque tombera, l'on verra l'hypocrite,
Et tout le monde alors saura votre mérite.
Moins lâche, moins subtil et non moins dangereux,
Le fanatique ardent, absurde et dédaigneux,
Pour signaler son bras, il n'est rien qu'il n'opère;
Le fils pieusement poignarderait son père,
Et nouvel Abraham en égorgeant son fils,
Le père en son erreur croit voir le paradis
S'ouvrir, et recevoir la couronne immortelle.
Plus le crime est affreux, plus l'action est belle;

Le sacrifice offert aux yeux du créateur,
Et l'insensé se rit de sa sainte fureur.
Tel l'absurde bigot aveugle et frénétique;
Mais tandis que j'exhale une vaine critique,
Une voix me répond : profane, que fais-tu?
Est-ce à toi d'attaquer le vice ou la vertu?
Renonce à cette idée, apprends à te connaître,
Et ne viens pas glaner dans le terrain du prêtre.
Oui, j'ai tort, pardonnez, vous que je crois abbé,
Je vois dans quelle erreur je me suis englobé;
Mais puisque nous voici, faut-il que je demeure?
Encore quelques mots, je vous quitte sur l'heure,
Laissez-moi vous parler, vous, qui voulez prêcher
Et conserver le droit de pouvoir m'empêcher.
On sait que Jésus-Christ vous nommant ses apôtres,
Bonne prérogative en supposant bien d'autres,
Qui n'avaient d'autre but qu'un sordide intérêt,
Où l'art de dominer fut toujours satisfait,
Par cent et cent détours, trafiquant sa doctrine,
Fit par l'or trébucher la balance divine.
Arrêtons-nous pourtant, n'allons pas jusqu'au bout,
Bornons la médisance à ne pas dire tout;
D'un sujet délicat, censeur inextricable,
Avec la vérité, je deviendrai coupable.

Mais que répondra-t-on à tout ce que je dis ?
L'honnête homme ici bas ne vaut-il pas son prix ?
L'honnête homme dit-on ; or, qui le devrait-être ?
S'il est une vertu, qu'elle soit chez un prêtre.
Pour nous convaincre alors rien ne sera plus sûr,
Quoique, malgré vos soins, votre cœur soit impur ;
Chacun veut éviter la fatale rencontre
De quiconque ose fuir le chemin qu'il nous montre.
L'homme aujourd'hui ne vit que pour la vérité,
Pour nous la démontrer dans toute sa clarté ;
En joignant la pratique au secours oratoire ;
C'est quand vous la croirez que vous la ferez croire.
Qui veut de la vertu nous montrer le sentier,
Pour bien guider nos pas doit marcher le premier.
J'en connais parmi vous d'un pareil caractère,
Et dont vous condamnez le loyal ministère ;
Loin de les honorer ils vous sont odieux ;
Témoin l'abbé Touron (1), humble religieux,
Qui n'osa hazarder dans ses sages maximes,
Que ce qui se fondait sur des droits légitimes ;
Aucune absurdité ne souille ses sermons,
Et ne comptant pour rien le pouvoir des démons,
Condamnés sans appel et bannis de sa chair,
Il les laisse aux enfers vaquer leur ministère.

L'homme n'a, selon lui, de tels persécuteurs.
Mais ce qui ravissait l'âme des auditeurs,
Ce n'est pas cet effroi que l'enfer peut répandre,
Le besoin d'aimer Dieu s'y faisait mieux entendre,
Sa voix parlait au cœur en termes éloquens,
Aussi s'attira-t-il de nombreux partisans ;
Pour le voir, l'écouter, on accourait sans cesse,
Sûr d'entendre parler la voix de la sagesse.
Orgueilleux calotins vous en fûtes jaloux?
Votre animosité lui fit sentir ses coups?
Votre main, qu'animait une coupable envie
Versa l'urne du mal sur son sort et sa vie ;
Vous n'épargnâtes rien, traîtres, vils imposteurs,
Pour le dénaturer aux yeux supérieurs ;
Ennemis enfantés de sa noble franchise,
Votre rage ne put le chasser de l'église,
Mais il fut, au souhait de ses nombreux rivaux,
Le curé des déserts ou celui des hameaux ;
Là, vivant presque seul, séquestré de la ville,
La sublime raison lui fut presque inutile;
Mais, quel caché qu'il fût, par de nouveaux bienfaits,
Dieu sut le secourir sous le nom d'un Anglais (2).
N'en doutez pas c'est lui qui remplit ce message ;
Tout bien nous vient du ciel, à ce que dit le sage.

Oui, tel est mon avis, et je puis ajouter,
Qu'il n'est que les méchans qui puissent en douter.
Ce coup inattendu réveille votre audace,
Qui, sans appréhender un second coup de grace,
Voulut faire mouvoir, dans ses jaloux transports,
Sa conspiration, par de nouveaux ressorts.
Désormais, dites-moi, qu'on a vu sur la terre,
Les diables contre Dieu vouloir faire la guerre;
Pour si peu que je sois de croyance pourvue,
Loin de vous démentir, je dirai : je l'ai vue,
Mais à quoi vous servit cette vaine furie?
Voici le coup fatal à votre diablerie :
Ratier (3) paraît, Touron devient son favoris,
Et sous ce protecteur, se transporte à Paris.
Il demande, il obtient un séjour plus tranquille;
Carcassonne à l'instant daigne offrir un asile,
Où les traits des méchans ne sauraient advenir :
Il jouit d'un repos qu'on ne peut lui ravir.
Etouffez vos transports, témoins de ce prodige,
Sa vertu vous aigrit, son bonheur vous afflige,
Par d'indignes courroux, sans cesse tourmentés,
Vous verra-t-on toujours, du sage redoutés?
Implacables tyrans, fuyez de ma mémoire,
Ou plutôt restez-y; que cette affreuse histoire,

Contre votre fureur, prompte à me désoler,
Quelque jour de mes maux puisse me consoler.
Frappez quand vous voudrez, engeance méprisable,
Si sont dans votre cœur tous les vices du diable;
J'attends avec sang-froid votre ressentiment,
Je vous hais, je vous brave, et soit en ce moment,
Que je perde mon temps en raison inutile,
Que j'arme contre moi les faux dévots par mille,
Que je doive m'en plaindre ou j'en sois satisfait;
Arrive que pourra, j'ai dit ce qu'il en est.

FIN.

NOTES.

1

M. Touron, vicaire de la succursale de Cètte (Hérault), est un homme éloquent, spirituel et patriote, qui fut persécuté par tous ses prétendus frères du canton. Mais leur jalousie n'enfanta pas grand chose.

2

Il vint à Paris sous le nom d'un Anglais, parce que l'évêque de Montpellier le faisant surveiller, l'aurait peut-être retenu.

3

M. Ratier, vicomte de la Peyrade, homme d'un grand mérite, au cœur loyal, le protégea et l'engagea à venir à Paris où il serait plus à portée de faire ses réclamations. En effet il obtint d'être placé à Carcassonne.

9 782014 433999